서리꽃 진자리에

황금알 시인선 235

서리꽃 진자리에

초판발행일 | 2021년 10월 30일

지은이 | 김순자
펴낸곳 | 도서출판 황금알
펴낸이 | 金永馥
주간 | 김영탁
편집실장 | 조경숙
표지디자인 | 칼라박스
주소 | 03088 서울시 종로구 이화장2길 29-3, 104호(동숭동)
전화 | 02)2275-9171
팩스 | 02)2275-9172
이메일 | tibet21@hanmail.net
홈페이지 | http://goldegg21.com
출판등록 | 2003년 03월 26일(제300-2003-230호)

*이 책은 2021년 인천문화재단 창작지원금을 지원받아 제작되었습니다.

서리꽃 진자리에

김순자 시집

황금알

얼룩진 풍상 위에 초록빛
생의 무늬를 덧칠합니다
한 생의 찌그러진 명암을 다독이며
쿵쾅쿵쾅
내 오랜 죽정이 살아나 실핏줄이 돋습니다

시詩처럼 살지 못한 언어들이
개나리 꽃눈 돋는 거리에도
캄캄한 가슴 뒤뜰에도
선물인 듯 넌지시 내려앉습니다

눈 한 번 깜박 일면 다가왔다 스쳐갈
운명과 시간이 교차하는 이 계절
물음표와 느낌표의 시장기 같은 외로움
한껏 보듬으려 보슬비 마중물 보냅니다

차 례

1부

2부

3부

4부

1부

서리꽃 진자리에

넘어지고 흔들리는
개와 늑대 사이의 시간
뒤척이다 지친 서리꽃
피었다 진자리
찬 서리 젖은 바람 제치고
대지 위에 떨어진
씨앗

봄!
봄이다
발광하듯 만물이 소생하는
죽음으로 깊어진 사랑
저리도 환하다

누름돌

깊고 굵은 선하나
순간을 스치는 바람길에
기억을 열면
보고 있어도 그리운 그 사내를 만나
초여름 향기처럼 풋열매로 매달렸지

어둡고 긴 골목을 돌아
뒷걸음질 치다 넘어졌던가
서리꽃 허옇게 호통치듯 달라붙은 늦은 오후
어디에도 없는 그 사내 가슴에 품고
가을 냄새를 맡고 있었네

회색 구름이 내리누르는
하루하루 그 하루
내 손 놓고 떠난 미운 그 사내
야속한 배신에 울분이 끓어
울고 웃다 흔들리는 웅크린 서러움
잠깐 살았고 오래도록 죽어있는 삶 속에
계곡처럼 깊게 꾹꾹 눌러 놓은 돌덩이 하나

아카시 꽃필 무렵

언덕배기 못자리 논
못짐 나를 때
지게 짐을 떠밀듯 글을 읽는
개구리
기억, 니은, 디귿, 리을
낭창낭창 글 읽는 소리 언덕에 닿아
알알이 맺혀 아카시꽃 피운 것도
볶아치는 농사일 또한 네 탓이려니

써레를 짊어지고
논둑길 돌아가면
개구리 울음소리 구름밭에 멎고
잊었던 옛 얘기 송알송알 눈물난다

꽃피던 시선

나긋한 기척이 하트로 날아와
등 뒤에 꽃피는 시선

돌아서면 맞부딪쳐 스파크가 일세라
차마, 마주하지 못한 아쉬움

세월이 저만큼 지난 후
그 순간이 박제되어 꿈속이 설렌다

어느 하늘 아래 맴맴 맴돌다
막무가내 찾아와 다가서는 그대

놓친 미련이 봄빛에 완연하다

개나리꽃

눈짓인 줄 알았다

코로나19 바이러스를 피하라
담장 밖으로 내민 조그만
노란 얼굴

거짓말인 줄 알았다

4월 첫날 만우절
잠시 멈추다 가라 머뭇거리는
사거리 신호등 노란불 같은

길옆에 서서 힘내라 응원하는
여백 없는 우리네 삶의 쉼표 같은
작은 손 흔들며 환하게 웃는 개나리꽃

껍데기 옆에 놓고

베란다 화분에 심은 파
겨우내 쏘옥 쏙 돋는 잎
살림 내듯 한 잎 두 잎 뽑아 먹고
마지막 봉우리 세우려다
속빈 엉성한 대궁이 쓰러진다

거미 새끼가 제 어미를 파먹고 자라듯
파도 잎마다 진기를 다 빼주고
우렁이 또한 어미가 첫 밥이듯
어미는 잉태된 새끼로부터의 밥이다

빈 병 줍고 폐지 줍던 할머니
찬밥에 체하여 급사하셨다
유서처럼 남겨진 베개 속에 이천육백만 원
자식들 오 남매 모두 모여
껍데기 옆에 앉아 옥신각신
급히 먹고 체할라 나눠 먹기를 한다

덩달이 엄마

눈과 귀를 닫아건 지 삼십여 년
살림만 하다 문화원에 처음 가는 날
설레고 긴장된 가방을 챙기려는데
막내딸이 볼펜을 건네준다
'볼펜 참 근사하다' 하자
'예쁘죠! 십만 이천 오백 원인걸요'
와 정말 비싸다
조심스레 쥐어보며
파카 만년필이 생각났다
옛날 한때는 결혼 예물이기도 한
그 귀한 파카 만년필
'아끼지 말고 쓰세요
얼마든지 또 사드릴게요'
'십만 이천오백 원짜리를 어떻게'
'걱정 마셔요'
그깟 심 하나 갈아 끼우는 건데요'
뭐? 심이라고?
볼펜심만 이천 오백 원

밖으로 내딛는 한걸음에
번쩍 눈이 트이고 귀가 열리는

박수를 보낸다

등에 땀을 지고
걸었다
발바닥이 부르트도록
뛰었다
부모자식 간의 끈을 붙들고
눈보라 속에서도 꽃길인 듯
달렸다

한 줌 티끌에도 무너져 내릴 듯
자갈 험한 가시밭길
한 줄기 햇볕에 행복을 꿈꾸며
마음 비운 자리에 하늘을 채워도
까마득히 머언
돌아갈 수 없는 길

명분이 실질을 담아
부질없는 세월에게 박수를 보낸다

잃어버린 봄

코로나19 바이러스는 악마다

공포로 이미 세상은 얼어붙었다
사회적 거리 두기를 하며
이웃과 이웃 그대와 나 사이 방패를 세워
두렵고도 외로운 방어를 한다

활기차게 봄을 퍼 올리던 열기마저
엉거주춤 멈춘 호수공원
악마에게 쫓겨 마스크를 눌러쓰고
피신 나온 사람들
노천탕 바윗돌에 앉아 털 고르는 원숭이들처럼
의자마다 등 돌리고 볕 바라기를 한다

형상도 보이지 않는 악마
천방지축 날뛰며 멈출 줄을 모른다
대적 한 번 못하고 천하무적 앞에 주눅 든
웅크린 어깨에 불안이 얹혀있다

찬란한 그 봄은 세상 어디에도 없다

코끝에 맴도는 한기寒氣

소리를 듣는다

장맛비로 퉁퉁 불은 나무들이
촘촘히 터를 잡고 시커멓게 걸어온다
물안개도 아닌 것이 는개도 아닌 것이
스스스스스
흙을 밀고 부옇게 피어오른다
이끼 낀 발목을 감고 무릎까지 차오른다

적막을 헤집고 고요를 적신다
여명이 공원 산책길을 더듬는다
아슴아슴 지난해 나뭇가지에 목을 맨
어느 젊은이의 혼령이 흠칫 다가선다
흔적을 잘라낸 나뭇가지의 상처가 덧난 듯
으으스스스

잠시 비 멈춘 패퇴한 생명의 유배지
기억의 행간에 거미줄처럼 얽힌
정령들이 난무하는 숲속

물비린내가 난다
우레를 건너온 발자국을 딛고
바람도 없이 어둠이 스쳐 간다

전생도 내생도 아닌 초연한 풍경
때로는 여름에도 낙엽이 지듯
나뭇잎 한 장 툭! 떨어지는 일생

굴업도

서해 멀리 숨겨진 섬
수평선 언저리
사리 만조 때가 되면 헤어졌다
다시 만난 남매인 양
목가미*를 잇는 잘록한 모래톱
한낮이 몽환에 잠기면
갯바위 등 두들겨 옛 얘기 풀어내는 잔물결

먼 옛날 어느 섬에 남매와 함께 부부가 행복하게 살았다네
이웃의 심술궂은 마귀할멈 그 집 딸아이를 납치해 달아났고

아비는 딸을 찾다 벼랑에서 떨어져 죽고 어미도 화병으로 죽어
어린 오라비는 여동생의 존재조차 까맣게 잊었다네

세월이 흐른 어느 날 빨래를 하던 아가씨가
낚시하다 풍랑에 떠내려오는 총각을 구해주었다네

하여 남매란 걸 모르고 둘이 사랑을 하는데
모든 걸 알면서도 이들을 부추기는 마귀할멈
하늘이 노하여 벼락을 쳤다 하네
세 사람 모두 벼락을 맞아 선단녀 바위가 되었다네

회한으로 불던 바람 망망대해에 멎고
멀리 더 멀리 점으로 흔들리는 배 한 척
물결에 끌려 애한처럼 슬픔처럼
풀어놓은 적막이 서리서리 잠기는 굴업도

* 굴업도에서 떨어져 나간 분섬

섣달 그믐날

한 해가 기우는
석양이 붉다
좋았던 일들은 어느새 잊고
아프고 쓰린 상처가 뒤엉켜
팽팽하다

심연 깊숙이 침잠해있던 고요
삶이 죽음이 되어 그대 곁에 닿을 수 있을까

그리움을 길러 올린 눈물 한 두레박
보름달만큼 사랑을 받고도 정작
초승달만큼도 비추지 못한 내 사랑

분꽃 씨앗처럼 까맣게 박혀
삶의 여울목을 만나 소리를 낸다
과거가 가르쳤지만 헛되고
미래는 언제나 다시 가르쳐야할 문제라는
괴테의 말을 되새기며

해가 바뀌면 새날이 오리라 속고 속아도
신비를 만나 찰나가 영원하도록
밝은 새날 화엄의 우렛소리인양 닭이 홰를 친다

게으름뱅이가 되어

봄이 가는 줄도 모르고

꼼짝없이 집구석에 처박혀

추운 날씨가 해동하면, 꽃이 피면

좋은 세상 뻘뻘뻘 찾아오겠지

그도 저도 못 믿게 조여드는

코로나19 바이러스

지구촌이 2021년의 봄을 저당 잡혔나

잎이 돋는지 꽃이 피는지 세상모르게

구겨진 음지에서 시련을 견디며

지난날의 사소한 일상을 그리워하며

속절없이 무능한 게으름뱅이가 되어가고 있다

키질

쌀에 티끌을 고르려고
키를 높이 들고 위아래로 까분다
사락사락
채끝으로 티를 날려 보낸다

뉘를 고를 때는
키를 가까이 끌어당겨 흔든다
일그렁일그렁
몸 가까이에 기우려
뉘를 고른다

쭉정이로 날려버린 근심 걱정
타는 그리움과 사무치는 아픔을
거름이 되도록 푹 숙성시켜놓고
요리조리 골라낸 희망 한 점
알콩 달콩 인생살이 키질을 한다

노을

아른아른 아련한
그리움이다
가슴 시린 이별의 끝자락이다

한 생의 해가 온전히
기울어진
서글픔이다 쓸쓸함이다 외로움이다

온화한 그대처럼 평화롭기를
순례자의 발길처럼 온 마음 다하여
뒤 돌아 참회하며
꽃불 짚인다

노을이 노을 속으로 진다

느긋한 서해 물결
소리에 깨어난 바다는
늘
우렁찬 확장을 꿈꾼다

텅 빈 갯벌
썰물과 밀물로 숨을 고르면
갯고랑에 게들이 발걸음도 재빠르게
햇살을 먹으려는 도전이 무성하다

은빛 물결을 낚던 중년의 사내
퇴직의 허탈함과 앞날의 불안이
갯바위에 앉아 소주병을 기울이다
기울이다 주저앉은 삶이 용트림 치듯
각혈을 쏟아낸다

바다를 모아모아 온몸으로 껴안고
노을이 노을 속으로 진다

안부

궁금하다

소식도 끊기고
만난 지는 오래되었다

보고 싶다

잘 있노라
그 말 한마디면 고맙겠다

그래도
다행이다 하늘 아래 살아있겠거니
기다릴 수 있어

2부

봄에게 미안하다

빛의 농도가 짙어져 초록 잎 돋고
만 가지 꽃 피어나는 화창한 봄
언제나 찾아오던 평범한 일상이
절절히 그리워지는 오늘
어쩌다 웃음조차 갇혀야 하나

꽃다지 냉이꽃 제비꽃 발돋움하고
목련 꽃봉우리 터지는 소리
만개한 벚꽃 가지에 벌새의 날갯짓도
기지개 펼친 천지가 꿈틀대는 활기찬 봄
왈칵 눈물이 난다
새장에 갇혀 날지 못하는 새가 되어
캄캄한 세상과 외로운 싸움
지난해도 올해도 봄을 모두 무참히 앗아간
눈도 코도 사지도 없는 코로나19란 놈

아픔만큼 강인하게 언 땅을 딛고
향기롭고 눈부시게 찾아온 어여쁜 봄
상실해서 미안하다

맘껏 환영해주지 못해서

내일도 내 것이 아닌데
내년 봄을 기다리기엔 너무나도 멀다

겨울 구곡폭포

울다가 얼마나 울다가
꽁꽁 언 소리조차 멈춘 자리

탕탕 그대 가슴을 치며
줄을 늘였다 당겼다
거미처럼 매달려 등반하는 이들
자기와 힘겨루기를 한다

뭇사람들의 발길에 찍히고 할퀸 상처
당당하게 아픔을 견뎌내는 그대
목이 쉬도록 봄 여름 가을을 온전히 바쳐
문배마을 너머에서 왔다 했던가
구름은 여전히 봉화산 너머로 떠가는데

잎 돋고 꽃 피는 아홉 굽이를 돌아
단풍이 배어 황홀경에 빠질 때쯤
빙벽이 되어 찬 손을 맞잡은 그대
어설픈 사랑에 매달리지 말라
침묵으로 도전하고

열정으로 살라 했나

어디에도 위로받지 못한 넋
구곡을 맴돌며 휘두르는 칼바람
포개어진 등 뒤로 물소리마저 잠재우고
골 깊은 겨울 꼿꼿이 키를 세운다

사진의 뒷면

개울에서 빨래를 이고 오솔길 돌아
가분가분 걸어오는
누이
마을 어귀 겨드랑에 담홍색으로 핀
복숭아꽃 같다

솟아오른 정오 햇살에
눈이 부셔
잠시,

졸랑졸랑 누이의 그림자를 따라오던
강아지도 모두다
어디로 갔을까

꽃도 누이도 보이질 않는다

봄이 오는 소리

가시나무를 흔드는 바람도
어느새
부드러운 귓속말이 되고
고시랑고시랑 는개 내려
뭉근 살을 비집고
파룻한 생명이 비늘처럼 돋는다

양지바른 산비탈 산토끼 가족
도란도란 뺨 부비며 살이 붙고
보송보송 버들강아지
아장아장 발 담그면
참방참방 시냇물 가슴이 뛰는

봉긋한 진달래 손을 맞잡고
가슴마다 피어날
연분홍 사랑

지구가 잉태하는 빛깔의 소리
만물이 탄생하는 우주의 소리

오월의 초대

편히 모시겠습니다
꽃도 좋고 잎도 좋고
만물이 뽐내는 온천지
노래 한 자락도 모셔 오지요

분홍 웃음소리 한껏 퍼져
연초록 박수 소리 마냥 흥겨운
이산 저산 꽃물결 이곳저곳 산새알

초대를 반기며 나풀대는 노랑나비
주야장천 준비한 성찬이오니
아무렴 맘껏 즐겨보셔요
산토끼도 고라니도 함께 오시오
물오른 그대 사랑 한창입니다
야리야리 피어나는 봄날의 응원

끝 모를 악천후도 끄떡없이 견뎌낸
강 건너 무지개는 잡을 수 없어도
무디어진 심장에 날개를 달아준
그대 있어 고마워요 사랑합니다

40

예초를 하다

공원에 터를 잡은 잡초들
처서를 지나며
예초가 시작되었다

마지막 같은 초록
햇살에 가을이 스며들어
풀잎마다 향긋한 풀벌레 소리

깔끔하게 다듬어진
풀잎 베인 자리
풋풋한 여운이 산뜻하다

얼룩진 내 낡은 모습들 같은 것들
예초기로 정리할 수 있다면
한참은 더 싱그러울까
비바람도 드나들게 여유로울까

허기가 들다

먹어도
먹어도 배가 고프다
또 먹고 또 먹어도

빵빵하게 부푼 배를 어루만져도
왜 자꾸
출출한 걸가

능금이 열리고
복숭아 붉은 과수원
'형제들 함께 나눠 먹자' 며
허리 휘게 가꾸던 작은 언니
급히 우리 곁을 영영 떠나고

가을은 무르익어 청명한데
못다 한 이야기로 수확한 과일
주렁주렁 바구니에 담아 드니
하늘만 쳐다봐도 솟는 눈물

보고프다 말을 할까
그립다 안겨 볼까
뼛속까지 파고드는 허허로움
기댈 곳을 잃은 중심이 휘청 인다

거미줄에 걸린 가을

목 터지게 타오르던
매미들의 광휘도
한 점 서늘한 바람에 물러난 자리
자박자박 결 고운 자태로
형형색색 물들이는 가을

무서리 옷자락에 서슬 푸른 날
꿈인 듯 찬란한 시절 뒤로
단풍잎 사르르 아쉬움 한 장
거미줄에 가부좌 틀고 앉아
열반에 드시려나 하늘 우러르고

만상을 비워낸 창공은 참선 중이시다

가을

무엇이든 다 용서할 것만 같다
무진장 넓어지는
하늘땅이
온통 무상무념이더니

스스르르
단풍 물드는 소리

가을밤

풀잎들
쓸쓸쓸 쓸 쓸쓸 쓸
제 몸 다 마르도록 운다

그 울음 따라 쓸쓸쓸 소리를 흘리며
달그림자를 메우는 풀벌레
가을의 목울음이 저미도록 서글픈

계절 다한 꽃잎이 허공을 맴돌다
떨어져 순간을 날린다

제 갈 길 찾아가는
흐린 소리들

흔들리는 가을

둥근달
나뭇가지에 으스름히 걸쳐 놓고
건들건들
제멋에 겨운 바람

풀벌레
길섶에서 궁둥이 치켜들고
사르르 사르르
해거름을 뽐어 댄다

울긋불긋 단풍꽃 한창인데
한껏 꽃대 세운 국화는 노랗게 우쭐대고
가녀린 코스모스 허리 틀어 유혹하는 하늬바람

남정네들 싱숭생숭 낚시 간다 분주한데
눈치 없는 아낙네는 갈걷이로 바쁜 나날

송화가 피는 날에

오월의 햇살을 잡고
웃다 울다 하는 노송댁
쳐다보기조차 아까운 늦둥이 막내딸
시집을 보낸다

동네 큰 마당
작은 웅덩이에 송홧가루처럼 노랗게
모여든 재개발 주민들
개개비 둥지에 뻐꾹새는 키우지 말자
갑론을박을 한다

살갑고 인정 많은 외동딸 시집보내고
스멀스멀 외로움을 키우던
골목 어귀에 사는 노송 댁
다식판에 송홧가루 뭉치듯 주민들과
건설회사 임대출 씨를 찾아가더니

송화가 피는 다음 해
아파트 새집으로 이사를 한다

딸 송화 내외와 함께 살 수 있다고
송홧가루 날리듯 자랑을 피워낸다

야생마가 갈기를 휘날리듯

겨울 산등에 줄줄이 서 있는 소나무
야생마가 갈기를 휘날리듯
하얀 눈밭에 얼룩말 줄무늬가 된다

강인하다는 건 푸르게 산다는 것

마음 열고 다가가 보려 하지만
주눅 들어 떨리는 것은
정갈한 계절의 차가움 때문일까

솔잎은 바늘쌈을 손에 쥔 듯 유연하다
엄격히 자신을 향해 날을 세우고
고독하게 사는 건 독하게 사는 것이라 했나

골짜기엔 무너진 순수를 치세우듯
우지직!
침묵을 눌러 가지 꺾는 소나무
강직함이 두려워
산허리를 물어뜯던 멧짐승들도 달아나고

겨울 산이 적막하지 않은 것은
잎조차 내려놓고 헐겁게 사는 무소유

버리고 비운 여백이 실상을 떠받쳐주듯
수묵화 한 폭
눈 쌓인 산세에 필획을 긋는다

이팝꽃 피는 오월이 오면

왠지 자꾸만 허기가 든다

쌀은 떨어지고 보리가 팰 무렵
하얀 쌀밥을 수북이 퍼 담아주시며
'생일 밥그릇이 가득 차야 부자가 된다'
울 엄니
막내딸을 낳으시고 노심초사
시집가서 생일날 배곯으면 어쩌랴
쌀밥, 그 쌀밥

나물 먹고 물 마시며 허리띠 졸라매던
옛날 옛적 보릿고개 그때 그 시절

거리마다 이팝꽃 풍년이 들어
쌀밥인양 고봉고봉 퍼 담겼는데
울 엄니 어디 가셨나
찔레순도 아카시꽃도 배가 부른데

이팝꽃 철따라 오시는 울 엄니

날 낳고 못 드셨을 미역국에 하얀 쌀밥
이팝꽃이 쌀밥 되어 무더기져 피었는데
지천으로 수북수북 새하얗게 피었는데

* 쌀이 귀하던 시절 이밥 즉 쌀밥을 비유해서 이팝이라 했다 함.

봄날은 간다

새침데기 봄바람이 몸을 틀더니
풀잎 돋고 분주하게 꽃망울을 터트린다

화사해서 달뜨고 설레는 봄

눈부시게 찬란해서 눈물 나는 봄

코로나와의 전장 속에 꽃잎이 진다

흰머리에 안타까운 주름만 더해가고

멍 때린 2021년의 봄도 진다

일몰은 산마루에 걸쳐있는데

붉게 타는 저리도 고은 노을
노을

3부

지켜보는 눈동자

막차를 타고 읍내에서 내려
고향집 가는 산길
어둠을 밀며 더듬더듬
성황당 고개를 넘어가는데

옛날 옛적 머리 푼 귀신
흰옷 입고 지금도 살고 있을까
고갯마루에 살쾡이도
가끔은
멧돼지가 덮치기도 한다는데

잔바람에 마른 나뭇잎 사락사락
흔들리는 소리
머리카락이 쭈뻣 등골이 오싹
오금이 저려 발걸음이 떼어지질 않는다

캄캄하게 젖은 두 손을 움켜쥐고
하늘을 우러르는 순간
오! 빛 별빛

깃을 벌린 어둠이 번쩍 눈을 뜨는 순간
생의 모든 지름길을 돌아
네게로 난 단 하나의 에움길이 열린다

수종사 1

그대 있어 그리움 있고
이별 뒤에 외로움 꽃이 되나니

저승의 꽃으로 피어난
정의옹주
적막 산간에 잊힌 서러움 낙수가 되어
떨어지는 물방울 종소리로 들렸나
난데없는 종소리에 홀려 찾아간 세조임금

고모와 조카가 그렇게
저승과 이승으로 이어진 핏줄
세조는 고모의 혼을 위로하려
허름한 절간을 수종사로 재건했다는데
오백 년을 되새김질하듯 꼿꼿한 은행나무

하고픈 말 잎마다 새겨
묵히고 삭힌 사연 노랗게 똥을 싼다
후─득 후드득
쾌쾌하게 풍겨오는 전설의 긴 이야기

반짝의 힘

부싯돌을 부딪치는 순간
반짝!

계절의 꽃 같은 영화도
한시절의 빛 같은 명예도 반짝!

TV에서 날마다
별들이 반짝반짝
화면 가득 보름달처럼 환하게
차오르다
순간은 순간이 되어
빛바랜 그림자 뒤로 사라지는 별

반짝! 영광을 향하여 발돋움하려는
우리는 생을 걸고 숨차게 달린다

반짝!
지구가 돈다

시가 익는 마을

두메산골 괴산에서 고요히 살다
태풍에 휩쓸려 끓어 박힌 곳
인천에서 짠물 한 모금에 그럭저럭
목숨 줄 연명하며 사십여 년

어느 봄날 회오리바람 불어왔지요
바람결에 구미 당기는 냄새가 등골을 간지럽혀요
언제나 흙내 나는 곳으로 쏠리던 더듬이
벼르고 별러 찾아간 곳은 흑석동 꼭대기
구수한 언어가 풍성하게 둥둥 흘러요

이제껏 만져보지도 못한 싱그러운 바람
술에 취한 듯 정신이 혼몽해요
술이 익을 때 뽀르르뽀르르 괴던 달콤함 같은
코를 킁킁대며 진종일 땀을 뿌려요

고통이 술이 될 수 있을까요
술지게미를 짜듯 몸이 뒤틀려 뻐근해진 어깨
발바닥엔 구덕 살이 배기고 꾸린 내가 풍겨요

하지만 난 그 두엄 냄새를 몹시 사랑합니다
내 몸에 배어있는 고인 물을 뽑아내려면
보폭에 맞춰 양껏 새 물을 당겨야 하겠지요

보글보글 시가 익는 마을
모두들 맛나게 합평을 하며 시를 끓여요
오감이 무디면 음식도 제맛이 아니라던데
열정을 다해 정성을 들이면 나도 시를 앉힐 수 있을까요
굳어진 마디마디를 펴고 돌돌 익고 싶어요
시가 피어나는 이 마을에서 마냥

대관령 고갯길 서리꽃 피면

칼바람에 날을 세운 상고대
부드러운 햇살에
얼어붙은 속내를 풀어주려는 듯
가지 끝마다 물방울 매달아 놓더니

바람, 고 차디찬 입김에 물방울 얼어
수정처럼 영롱한 무지갯빛 그리움
바람 살짝 일 때마다 부딪히는 청명한 소리
찬란한 오케스트라 공연장이다

동화책 한 페이지를 펼친 대관령 고갯길

무명천을 휘두른 순백의 천지
일렁이는 바람결 따라
나뭇가지 흔들리며 떨어지는 서리 꽃잎
꽃비 되어 하얗게 새하얗게 쏟아낸다

명동에 비가 오다

명동성당 앞 갓길
김수환 추기경님의 추모전
겨울 끝자락에 추적추적
비가 내린다

유품은 모두 거두고
84년의 삶이 사진으로 전시되어
순간처럼 스쳐 지나간다
한평생도 찰나

찰나!
비에 젖은 화두 한 자락
먹먹하다

어둠을 지우다

골짜기마다 농익은 가을
어둠에 가려 지워지려 한다
버스는 도심을 향해 달리고
아쉬움이 창밖 어둠을 부지런히 닦아보지만

어스름 무렵이면 아득한 그리움의 파동
움칫, 아련하고 따스한 유년의 촉감들이
기억의 틈새를 비집고 새어 나온다

누렇게 출렁이는 벼 잎 뒤에 숨은
메뚜기를 뒤웅박에 잡아넣던
어린 내가 동네를 향해 뒤뚱뒤뚱 달린다
밥상머리에 모인 식구들의 숟가락 소리
산골 저녁은 된장찌개 냄새도 풍년이다

정지된 바람 사이로
낡은 수레바퀴는 베스비우스산*을 내려와
불쑥 눈시울에 젖는다

마트료시카 인형처럼 켜켜이 추억이 잠긴
가을이 문장과 엇갈리게 스산하다
끝 모를 쓸쓸함에 어둠을 지우려 지우려

* 폼페이 화산

까치밥

감나무 가지 끝에 가부좌 틀고 앉아
묵언 중이신 노스님 한 분

까치가 찾아와 톡!
죽비를 내려친다 톡 톡 톡
화엄경을 독송하신다

한창 물오를 때
거친 숨 몰아쉬며 달려온 길

한 가지에 매달려
도란대던 형제들 다 떠나보내고

달빛의 온기로
낯빛 붉은 잎 토닥인다

맑은 하늘에 흰 구름 한 점
화두 한 자락으로 떠 있다

네가 나인가 내가 너인가
무주상보시* 수행중이시다

* 집착 없이 남에게 베풀어 주는 일.

수종사 2

범종 소리 깨어나 새벽을 열고

역사의 뒤안길에 선비님들
옷매무새 고쳐 앉은 요사채에서
중생의 도량이 여물어간다

수종사와 양수리 서로 마주 봐도
눈만 뜨면 그리워
물은 산을 품고
산은 물속에 날마다 새로움이다

불국토를 이루려
본심을 먹고 자란 양수리 붕어
만상萬象을 비우고
열반에 든 목어가 되어
풍경이 되어
혼돈의 풍파에도 결 고운 소리

시절 너머로 조우하는 한음과 다산

작설차 한 잔에 친견하듯
낙목한천落木寒天이 느슨해진다

지구가 아프다

배가 뒤틀리며 쑤시고 아프다

온난화로 39.6도

병원도 약국도 휴일

쓰나미가 밀려온다

산을 허물고 갯벌을 메우고

수억 년의 지구를 분별없이 파헤친다

석유도 물도 메마르고 메말라

슈퍼 엘니뇨와 라니냐 폭우에 토네이도

민간요법으로 다스리려 하지만

면역력은 시들어가고

인생 백 년 바람 잘 날 없는

오늘이 마지막인 듯 대책 없이 낡아간다

달빛 연구소

강원도 영월 끝점에 닿아서야
문패가 걸려있는 '달빛 연구소'
빗장을 조심스레 밀고 들어선다
소설처럼 시처럼 달빛을 엮는다는
소장님이신가요?

깎아지른 절벽 아래로
틈새를 비집고 주천강이 흐른다
암벽에 부딪히는 산새들의 날숨소리

손바닥으로도 하늘이 가리어질 듯
울울창창 나뭇가지에 구름처럼 걸터앉아
달빛을 연구한다는

세간의 여름이 다 되어서야 봄이 오고
가을이 되기도 전에 겨울을 앞당기는
계절도 적막강산도 맘대로 늘였다 당겼다
산나물로 한 끼를 때우고도 배가 부른

몇 시절을 건너와 씨줄 날줄 엮어 짠
무정무정 그리움이 휘감겨
끝 모를 자맥질도 벗어던지고
푸른 잎의 물기가 차오르는
두견새 울음으로 날 새우는 달빛 연구소

감나무 아래 골고다 언덕

무슨 일이 벌어지고 있는 걸까

새까맣게 줄지어 가는 행렬

어릴 적 복순이가 목걸이로 만들어주던

떨어진 감꽃 꼭지를 십자가처럼 메고

비탈길을 힘겹게 밀고 가는 개미떼의 중심

저리도 치열한 삶의 현장이라니!

하느님도 힘을 보태주고 싶을 것이다

* 감꽃 꼭지가 열십자로 되어있다.

소백산맥을 좋아하는 그 사람

주적주적 비 내리는 저녁
쉬 어둠은 잦아들고
빗물에 젖은 소백산의 향수가
물방울처럼 튀어 오른다
소백산을 좋아하는 그 사람
소백산맥! 한다
소백산 줄기가 고향인 나는
귀를 쫑긋 세운다
어슴푸레한 기억 속에
그가 능청스레
소주 백세주 산사춘 맥주를
1:1:1:2로 혼합하시오
숫자에 아둔한 나는
호젓이 홀로 앉아
빗소리 같은 추억을 술잔에 채운다
설렘으로 소백산을 오르듯 소백산맥
달착지근한 낭만의 그 맛
객기에 겨워 술이 술을 유혹한다
추억도 술을 퍼붓고 꿈꾸는 미래도 술을 드신다
소백산이 소백산맥을 마신다

새침데기 꽁이길

롯데마트에서 굴포4교를 건너 오른쪽
너울진 가로수 뒤로 언덕을 비집고
좁디좁은 '새침데기 꽁이길'
아래로 굴포천 둔덕은 우거진 풀숲

야생화 꽃무리가 노랗게 번져
벌 나비 잉잉대는 이곳 어디쯤
토라진 듯 새침한 그녀
첫사랑 아득한 그리움이
물방울 튀기며 기다리고 있지 않을까
둘레둘레 설레인다

굴포천에 발을 담근 긴 다리
헌칠한 백로가 오르락내리락
방망이만 한 잉어 대여섯 마리 떼 지어
꼬리치며 좁은 물살을 휘두르는
바람이 시간을 돌려보낸 이 물가
'새침데기 골로 간다' 했던가 그녀
휘황한 그 남자의 슬픔이 겨워

저만큼 웅덩이진 물위로
물오리 목을 빼고 날개를 터는

시시덕이 그 남자 재를 넘어* 갔는지
'새침데기 꽁이길' 문패 앞에서
고개를 갸웃갸웃 서성이는 사람들

* '새침데기 골로 가고 시시덕이 재를 넘는다'는 속담 인용

부개 공원

203동 마산댁이 고향에서 가져온
생선을 봉지 지어 나눠 준다
쑥을 캐온 103동 제천댁은
떡을 만들어 나눠 먹기를 한다
서울댁은 커피를 진천댁은 크림빵을
대여섯 명만 모여도 잔칫상이 벌어지는
작은 뒷공원은 이 동네 사랑방이다
견뎌낸 험한 세월을 털어내며 속 풀이하는
꽃시절 이야기가 피어나고
손자손녀 자랑이 오월의 햇살처럼 번진다
울다 웃다 희노애락 함께 나눌
미운 정 고운 정 한평생이 묻힐
아들손자 모두 함께 살아가는
화평한 온기가 한여름 녹음처럼 무성하다

흥겨운 마음들로 출렁이는
이웃이 정겨운 나의 동네 부개공원

고단한 삶의 끈

바다에 왔다
아픔의 무게만큼 묶여
침몰되어가는 수평선

인연의 밧줄을 당기다
거품만 쏟아 놓은 옹이진 자리
어둠 속을 견디면서도 한마음 꺾지 못하고
실밥 터지듯 쏟아 놓은 파도 소리
하얀 소금꽃을 피운다

모래알갱이들이 사연을 털어내듯
쓰고 지우고 또
쓰고 또 지우고 또 또 또
강인한 파도의 퇴고가 삶이 되어
무수한 바람이 모퉁이를 돌고 돈다

수평선 위로 지는 노을
너무너무 고와
낙조落照인 줄 진정 몰랐다

입장

6이다 9다
마주 서서 우겨댄다
이쪽에서 보면 6이 맞고
저쪽에서 보면 9가 맞다

저쪽은 상대를 적으로 알고
상대는 이쪽을 터전으로 삼으려 한다
심연 깊숙이 침잠해있던 고요
눈 딱 감고 함께 살자 꿈틀거린다

순간 세상을 스치는 농익은 바람 소리
여백이 한 획을 긋는다
두 눈을 뜨고 보면 앞만 보이지만
눈을 감고 보면 지나온 시절도 모두 보이듯
네가 있어 내가 있고 내가 있어 그대가 있다

누군가에게는 치열한 삶의 현장이 되고
또 누군가에게는 쉼터가 되듯
서로 엇갈리는 우리네 삶이 아니던가
어쩌랴 세상살이 다 그렇고 그렇지

4부

기도

뜨는 해도 보았고
지는 해도 보았다
봄 여름 가을 겨울 다 겪어 보았다

고난을 피하지 않았고
오르막길 내리막길
웃어도 보고 울어도 보았다

이만하면 아쉬울 게 없다
햇볕 한 줄기에도 깜냥껏 행복했다

서녘 하늘 해가 저물어간다
노을처럼 곱게 현을 올리며
상심傷心 없는 연주로 기도하는
이 아침

시간의 마디 속에

가끔 만나니 반갑다
보고 또 보니
깊어지는 정

침묵해야 좋을까
두고두고 키워 온
꺼내 보기조차 아까운 사랑

와락! 고백할까
달아날까 두렵다
그리울까 괴롭다

외로움의 독에 묻어두고
평생 작은 가슴 뛰게 하는
오늘도 청춘

백양사를 떠메고

관광버스에 할머니들
왁자지껄
붉게 물오른 웃음소리
백양사를 떠밀고 간다
구름도 멋에 겨워 둥실둥실
차 안은 쿵 짝짝 노랫가락이 돌고

일제 강점기를 8·15를 6·25를
4·19를 5·16을 삶조차 두려웠던
부모형제를 남편을 자식을 생이별하고
풍진가난과 드센 시집살이를 치마폭에 감싸고
모질게 살아낸 세대의 여인들

한을 토하듯 노랫가락 한 소절
'여자이기 때문에 참아야한다'는
서러움이 붉게 몸부림치며 닿은
단풍잎 결 고운 백양사 앞섶

찢기고 할퀸 흉터 짙은 아픔이
훈장처럼 저리도 곱게 물든 백암산 자락

짧은 만남 긴 여운

잠시!
잠시만 그대여 기다려 달라

노을빛 한창 번져올 무렵
나팔꽃처럼 당신은 떠나갔지요

쉬 돌아오겠지
잠시쯤이야
당신 사랑처럼 믿었습니다

계절이 가고 오고
또 가고 와도 여운처럼 남은 향기

한평생 기다림도
지나고 나니 잠시
잠시인 것을

환절기

아침저녁 변덕스런 일교차
어제와 오늘
오늘과 내일 사이에서
눈만 감으면 꿈을 꾼다

어쩌다 스친 인연들
고향에 살던 친척들
까맣게 잊고 있던 소꿉친구들
낙서처럼 휘갈기듯 찾아왔다
어렴풋이 지워진다

여명의 공원 산책길
풀잎 끝에 이슬 되어 맺혀있던
지난밤 꿈들
청량한 바람으로 상큼하게 날려 버린다

밤새 보폭을 재며 여름을 견뎌낸
풀벌레 울음이 천공을 휘감는다

그래 덕분이라 하자

앞날은 짧고
노년의 황금 같은 시간만
무참히 흘러간다

꼼짝없이 갇혀있는 지금
쉼 없이 내닫던 일상이 그립다

재앙이 혼탁한 세상을 정리하듯
지구를 휩쓴 코로나19 바이러스
사람과 사람 사이의 그리움을 깨우쳐주고
누구도 막지 못했던 전쟁과 폭력도
비행기도 배도
미세먼지도 황사도 일단 중단시켰다
공기가 맑아졌다 물이 청정하다

알 수 없는 무한한 존재를 알려 준
코로나19 바이러스 덕분에 잠시
쉼표를 찍자
미지의 건강한 세계를 구상하며

봄바람에 기대어

잠들기 전 나에게
언니는 눈물입니다

만 가지 꽃들은 피어
한창인데
오월의 햇살을 잡고
췌장암 고통으로 진땀에 젖은 당신
며칠째 곡기를 끊고

아무것도 해줄 수 없는 나는
염치없이 환하게 익어가는
봄바람에 기대어
벌써부터 당신이 그리워 그리워

알뜰한 나의 언니
떠나보낼 준비를 하라는데
아직
아직은 아니
아니 됩니다 언니

팔순

거울 앞을 지나다
힐끔
쳐다보는 순간
어깨 굽은 노파가 나를 보고 있다

깜짝 놀라
다시 돌아보니
나는 간데없고
한 번도 본 적 없는 낯선 얼굴

쪼글쪼글
주름진 백발이 거울 앞에 서성인다

낭랑 이십 세

찬란한 봄날 의사는 말했다
뇌낭종이다 손쓸 수가 없다
육 개월 시한부
마른하늘에 날벼락이다

죽음에 이르러서야 돌아본 나는
이 좋은 나이에 그냥 당할 수는 없다
억울해서 무엇이든 배우고 싶었다
기도하듯 유서를 쓰듯
붙잡은 컴퓨터 앞 키보드

죽음의 문전에서 내일을 모르는 채
비루하게 죽다 살다 반복하며
꼬이다 풀다 짚어볼 새도 없이
어영부영 어느새 이십 년

아직도 살아있구나
무한한 내일 덤도 후하다
두려움도 초조함도 다 털어내자

시방부터 시작이다!

설렘에 젖어 푸르른 지금 낭랑 이십 세

몰두

종합병원 뇌 병동 MRI실을 나왔다
대기실에서 차례를 기다리는 환자들
불안이 하나같이 초췌하다
킬링필드의 해골처럼
처연하다

천지가 내려앉은 듯 먹먹함이 감돌고

의사의 뇌 비교분석을 보고 나선
거리엔 모두가 해골
먼지 한 줌에도 무너져 내릴 것 같은 시간
화장품과 옷을 사려다 그만 접기로 했다
해골을 꾸미고 치장하려는
어처구니없는 일이라니

아직도 뿌려보지 못한 씨앗들이 있어
아리아드네의 실끝을 잡으려 허둥댄다
문장은 쓰였고 마침표만 남은
휘황한 거리에 허깨비들이 걸어간다
멍청이가 웃고 있다

내가 모시고 길들여 온 나의 상전

절뚝이는 걸음걸이
왼쪽 무릎 연골이 닳았단다

딱히 왼쪽 다리로만 걸은 적 없건만

출발할 때도 서둘러 나서는 왼발
계단을 오를 때에도
내려설 때에도 먼저 앞장서는 왼발
무의식중에도 왼발은 첫 발짝이다

첫 발짝에 무게의 힘이 더 실려
혹사당한 것인가
언제나 첫째란 부담이 크다
장남장녀가 그렇고 장손이 그러하듯

공평하게 모시지 못한 내 탓이다
지팡이를 버리고 걸음마를 배운다
첫 발짝은 오른쪽 오른발
오른쪽 오른발 발짝 길들이기를 한다

모소대나무*

채우기 위하여 기다리는 건가
비우기 위하여 침묵하는 건가

사람으로 태어나
두 살 즈음에는 말을 배우고
환갑 년쯤 되면
침묵을 익힌다 하던데
말더듬이에 수다쟁이인 나는
고희를 넘어서도 엄살처럼 짐을 지고
무엇을 채우려고
또 무엇을 기다린단 말인가

가슴 뜰에 모소대나무 싹을 틔워
침묵이 비움이 되도록
기다림의 키를 세워
무릎 꿇듯 옹고집 밀쳐버릴 수 있다면

어둠이 깊을수록 삶은 밝아지고
세상은 고요하다

* 모소대나무 – 중국 극동지방 모소대나무는 씨 뿌리고 4년 동안은 3cm의
  어린싹으로 자라다 5년째가 되면 매일 30cm씩 자라나 6주 동안에 울울
  창창 숲을 이룬다

한 걸음의 행복

관절이 문제다
한 걸음도 뗄 수 없는
문밖은 까마득히 먼 세상

팔 병신은 얻어먹어도
다리 병신은 굶어 죽는다는 말
깊이 통감하며
한 발짝을 옮겨보려 하지만
어림없다

지구는 돌아가고 있는 건가
찜통 무더위는 시간이 멈춘 듯
징글징글하다

치열한 한 발짝이 바닥짐이 되어
지팡이에 의지해 이웃과 소통하려 한다
달리고 뛰던 때에 보이지 않던
꿈꾸는 세상을 그 한 발짝에 담고
다림줄을 당겨본다

천지가 가득 살아난다
돌부리에 채여도 이 한 걸음
희망을 본다

맘만 먹으면

못할 게 없다
도봉산 관음봉 앞발굽도 만졌다
히말라야 설산쯤 못 오를까
호수공원 가창오리 날개도 잡았는데
지구 한 바퀴쯤 못 돌아볼까

열정과 비전을 앞세워
소소한 일상에서 벗어나려고
붓을 들고 음표를 따라 그림물감을 챙겨
자존감을 세운 취미를 꿈꿨다

검은 잠의 우물에서 끌려 나와
지름길로 앞선 의욕
자만심만 구름처럼 부풀어
제대로 하는 게 하나도 없다

맘만 먹으면 잘할 수 있다고
문제 될 게 하나도 없다고
무엇이든 너끈히 해낼 수 있다는
그 맘 어디로 갔을까
오늘도 그 맘 찾아 길을 나선다

쫌이야

목덜미가 으스스 떨려온다
천 길 낭떠러지가 뱅그르르 자맥질한다

까마득히 삭아 든다 주저앉는다

삶과 죽음 사이를 오락가락
혼쭐에 매어 간신히 끌려간다
와락 소름 돋는 캄캄한 지옥

아, 이렇게 생은 막을 내리는구나

고즈넉한 바닷가 어디쯤 내팽개친
후미진 길가에 망초꽃처럼 피어난 알약 몇 알

기침 쿨럭일 때마다
침잠해있던 독감백신의 고요가 비상할 듯 꿈틀거린다

십 년만 젊었어도 '쫌이야'
갈피마다 미련이 남아

에움길 돌아온 서녘 하늘이 꽃물처럼 곱다

순자

'ㅅ'과 'ㅈ' 사이에는 'ㅇ'이 있고
우주공간에 'ㅇ'같은 지구가
사잇돌처럼 둥글게 돌고 있다

숱한 생명들이 생존하는
'ㅇ'처럼 둥근 지구별에는
무한한 상상력이 번뜩 일고
엄청난 창의력이 돋아난다

한글 자음 일곱 번째 'ㅅ'과 아홉 번째 'ㅈ'으로
순한 아들 되라 부모님이 지어주신 내 이름
사이에도 'ㅇ'이 있어 내가 무난히 살고 있는 것인지도

내가 있으므로 열린 세상
선물 같은 'ㅇ'을 품고
충청도 두메산골에서 태어난 '순자'
삶과 죽음 사이를 꽃바람에 새 울 듯이 무작정 간다

역설의 미학, 순간의 시학
― 김순자의 시에 관하여

권　온(문학평론가)

　　김순자의 시 세계를 구성하는 핵심 요소들에는 어떤 것들이 있을까? "서리꽃"과 "모소 대나무"와 "이팝꽃" 등 식물도 있고 "엄니"와 "할머니"와 "나" 등 사람도 있으며 "코로나19 바이러스"와 같은 사회적이고 시대적인 이슈도 있다. 무엇보다도 시인은 삶과 죽음 그리고 시에 주목한다. 김순자의 시는 인간과 자연과 사회를 아우른다고 이해할 수 있다. 또한 삶과 죽음이라는 본질적인 가치를 탐구하고 특히 시 자체에 대한 심층적인 관심을 일관되게 보여준다.

　　　넘어지고 흔들리는
　　　개와 늑대 사이의 시간
　　　뒤척이다 지친 서리꽃
　　　피었다 진자리
　　　찬 서리 젖은 바람 제치고

대지 위에 떨어진
씨앗

봄!
봄이다
발광하듯 만물이 소생하는
죽음으로 깊어진 사랑
저리도 환하다

—「서리꽃 진자리에」전문

　우리는 간혹 시를 읽으며 삶의 본질을 깨닫는 경우가
있다. 김순자의 이 시는 그런 유형의 작품에 속한다. 우
선 1연 2행의 "개와 늑대 사이의 시간"에 주목해야겠다.
하루에 2회 '개와 늑대의 시간'으로 부르는 때가 다가온
다. 해가 뜨려는 순간과 해가 지려는 순간은 빛과 어둠
이 교차하는 매력적인 때이다. 불분명한 아름다움이 주
위를 감싸는 순간 우리는 다가오는 대상의 정체를 파악
하기 어렵다. 그것은 우리를 사랑하는 개 또는 동료일
수도 있고, 아니면 우리를 증오하는 늑대 또는 적일 수
도 있기 때문이다.
　삶을 살아가다 보면 이것인지 저것인지 구분하기 힘든
대상 또는 상황과 마주하는 경우가 적지 않다. 시인은
독자들에게 사랑과 증오, 행복과 불행, 선과 악 등 대립
적인 속성을 가진 것들이 수시로 뒤바뀌는 무대가 삶임
을 "서리꽃"이 "피었다" 지듯이 알려준다. 유사한 맥락에

서 2연 4행의 "죽음으로 깊어진 사랑"도 눈여겨봐야 할 대목이다. 그녀는 부정적인 속성으로 이해하기 쉬운 "죽음"을 완전히 뒤집어버린다. 김순자에 따르면 죽음은 "봄"이고 사랑이며 생명이다. 시인이 펼치는 역설의 미학은 대단히 아름답다. 이것과 저것, 여기와 저기의 경계를 허물어뜨리며 그녀는 스스로의 가능성을 최대치로 확장한다. 모호함은 더 이상 약점으로 남지 않는다. 우리는 다만 전진할 뿐이기 때문이다.

채우기 위하여 기다리는 건가
비우기 위하여 침묵하는 건가

(중략)

가슴 뜰에 모소대나무 싹을 틔워
침묵이 비움이 되도록
기다림의 키를 세워
무릎 꿇듯 옹고집 밀쳐버릴 수 있다면

어둠이 깊을수록 삶은 밝아지고
세상은 고요하다

— 「모소 대나무」 부분

중국 극동지역에서 자라는 모소 대나무는 처음 4년 동안은 매년 3cm씩 더디게 자라다가 5년이 되는 해에는 급작스러운 성장으로 울창한 숲을 이룬다고 알려져 있다. 김순자는 모소 대나무를 관찰하면서 기다림의 가치를 확인한다. 시인은 4년이라는 시간 동안 인내하면서 기다릴 수 있는 사람만이 15M의 높이에 이르는 모소 대나무의 진면목과 조우할 수 있음을 강조한다.

그녀는 시적 대상 '모소 대나무'와 시적 화자 '나'를 겹쳐서 바라본다. 김순자는 '비움'에서 '채움'으로 이동하는 이 놀라운 식물에게서 '기다림'과 함께 '침묵'의 미덕을 확인한다. 시인은 고희를 넘어선 '나'를 되돌아보며 채움이 아닌 비움을 지향하려고 노력한다. 오랜 옹고집으로 깊어진 '어둠' 속에서도 밝은 삶을 꿈꾸는 그녀는 역설의 가치를 적극적으로 구현한다. 우리는 막다른 골목에 내몰리더라도, 끝이라는 표현이 어울릴만한 절망적인 상황에서도 구원의 신호를 발견할 수 있음을 믿어야 한다. 예기치 않은 순간에 희망의 깃발은 펄럭일 수 있다.

베란다 화분에 심은 파
겨우내 쏘옥 쏙 돋는 잎
살림 내듯 한 잎 두 잎 뽑아 먹고
마지막 봉우리 세우려다
속빈 엉성한 대궁이 쓰러진다

거미 새끼가 제 어미를 파먹고 자라듯
파도 잎마다 진기를 다 빼주고
우렁이 또한 어미가 첫 밥이듯

어미는 잉태된 새끼로부터의 밥이다

빈 병 줍고 폐지 줍던 할머니
찬밥에 체하여 급사하셨다
유서처럼 남겨진 베개 속에 이천육백만 원
자식들 오 남매 모두 모여
껍데기 옆에 앉아 옥신각신
급히 먹고 체할라 나눠 먹기를 한다
　　　　　　　　　　—「껍데기 옆에 놓고」 전문

　김순자가 이번 시에서 주목하는 시적 대상으로는
"파", 거미, "우렁이" 등이 있다. 시인에 따르면 '파'는 내
부의 잎들을 모두 "뽑아 먹고" "속 빈 엉성한 대궁이" 되
어 쓰러진다. 여기에서 파의 "한 잎 두 잎"은 "거미새끼"
에 해당한다. 거미새끼는 "제 어미를 파먹고 자라"고 우
렁이도 "어미"를 "첫 밥"으로 먹는다. 파, 거미, 우렁이
등의 사례에서 그녀가 도출한 결론은 2연 4행 "어미는
잉태된 새끼로부터의 밥이다"라는 진술이다.
　이 시에서 독자들의 마음을 움직이는 드라마틱한 대목
은 3연이다. "할머니"의 "급사" 앞에 "오남매"가 모여들
었다. "껍데기"로 남은 할머니는 "이천육백만 원"을 남겼
고 "자식들"은 "나눠 먹기를" 할 생각에 "옥신각신"한다.
김순자는 새끼가 어미를 밥으로 여기는 일이 자연의 이
치임을 밝히고, 우리들 자신의 모습이 될 수도 있을 할
머니의 사례를 도입함으로써 비정한 삶의 마무리를 환

기하고 독자들의 성찰을 유도한다. 인간은 어떻게 살아야 하는가? 우리는 어떤 부모, 어떤 자녀가 되어야 하는가? 또한 웰다잉well-dying으로서의 생生의 마무리도 준비해야 할 것이다.

> 찬란한 봄날 의사는 말했다
> 뇌낭종이다 손쓸 수가 없다
> 육 개월 시한부
> 마른하늘에 날벼락이다
>
> 죽음에 이르러서야 돌아본 나는
> 이 좋은 나이에 그냥 당할 수는 없다
> 억울해서 무엇이든 배우고 싶었다
> 기도하듯 유서를 쓰듯
> 붙잡은 컴퓨터 앞 키보드
>
> 죽음의 문전에서 내일을 모르는 채
> 비루하게 죽다 살다 반복하며
> 꼬이다 풀다 짚어볼 새도 없이
> 어영부영 어느새 이십 년
>
> 아직도 살아있구나
> 무한한 내일 덤도 후하다
> 두려움도 초조함도 다 털어내자
> 시방부터 시작이다!
>
> ─「낭랑 이십 세」 부분

시적 화자 '나'는 "찬란한 봄날"에 "손쓸 수가 없"는 "뇌낭종" 진단을 받았다. 한창나이에 "육 개월 시한부" 판정을 받았으니 절망적이었을 테다. 김순자의 이 시는 "죽음" 앞에서 스스로의 삶을 돌아보고 적극적으로 죽음에 대처하는 '나'의 모습을 구체적으로 보여준다. '나'가 선택한 방법은 "기도하듯 유서를 쓰듯" 무언가를 적는 일이다. '나'는 글을 쓰고 시를 적으며 내일을 잊었을 것이다. "비루하게 죽다 살다 반복하며" 보낸 세월이 "어영부영 어느새 이십 년"이다.

4연 1행의 "아직도 살아있구나"라는 진술에는 "이 좋은 나이에 그냥 당할 수는 없다"라는 고통스러운 인식을 극복한 이의 여유가 묻어난다. 시인은 이제 "두려움도 초조함도 다 털어내자"라고 제안한다. '나'에게는 또 우리에게는 삶의 "덤"으로서의 "무한한 내일"과 "설렘" 그리고 "푸르른 지금"이 남아있을 뿐이다. 코로나 시대의 독자들에게도 깊은 위안으로서 다가올 수 있는 시이다. 산다는 것은 쓴다는 것이고 사랑한다는 것이다. 우리들 자신을 가족을 사회를 생각할 수 있는 계기를 마련하는 놀라운 축복 같은 작품이다.

두메산골 괴산에서 고요히 살다
태풍에 휩쓸려 꿇어 박힌 곳
인천에서 짠물 한 모금에 그럭저럭

목숨 줄 연명하며 사십여 년

어느 봄날 회오리바람 불어왔지요
바람결에 구미 당기는 냄새가 등골을 간지럽혀요
언제나 흙내 나는 곳으로 쏠리던 더듬이
벼르고 별러 찾아간 곳은 흑석동 꼭대기
구수한 언어가 풍성하게 둥둥 흘러요

(중략)

고통이 술이 될 수 있을까요
술지게미를 짜듯 몸이 뒤틀려 뻐근해진 어깨
발바닥엔 구덕 살이 배기고 꾸린 내가 풍겨요
하지만 난 그 두엄 냄새를 몹시 사랑합니다
내 몸에 배어있는 고인 물을 뽑아내려면
보폭에 맞춰 양껏 새 물을 당겨야 하겠지요

보글보글 시가 익는 마을
모두들 맛나게 합평을 하며 시를 끓여요
오감이 무디면 음식도 제맛이 아니라던데
열정을 다해 정성을 들이면 나도 시를 앉힐 수 있을까요
굳어진 마디마디를 펴고 돌돌 익고 싶어요
시가 피어나는 이 마을에서 마냥

　　　　　　　　　　　　　　　　　—「시가 익는 마을」 부분

　누군가의 인생을 되돌아보는 일은 중요하다. 시인의

자전적인 시가 여기에 있다. 시적 화자 '나'는 "두메산골 괴산에서 고요히 살다"가 "인천에서" "목숨 줄 연명하며 사십여 년"을 보냈다. "어느 봄날 회오리바람"과 "구미 당기는 냄새"에 이끌려 "흑석동 꼭대기"를 찾아간 '나'는 "구수한 언어"와 만난다. '나'에게 언어를 다루는 일 또는 시를 쓰는 일은 "술"에 취하는 일과 다르지 않았다. '나' 는 "고통"을 술로 바꾸고 싶다는 욕망을 곧 삶을 시로 표현하고 싶다는 욕망을 피력한다.

김순자는 '괴산'에서 '인천'을 거쳐 '흑석동 꼭대기'에 이르러 마침내 "시가 익는 마을"을 발견하였다. 그녀는 "시가 피어나는 이 마을에서" "시를 앉힐 수 있"기를 기대하면서 삶을 영위한다. 그것은 마치 박목월 시인이 시 「나그네」에서 "술 익는 마을마다 타는 저녁놀"이라고 진술했던 경지에 상응한다. 우리는 삶의 고통을 위무할 수 있는 술과 같은 시를 쓰는 시인의 이름을 기억해야겠다. 고통과 절망의 순간이 없는 삶이 어디 있으랴! 술처럼 물처럼 유연하게 부드럽게 흘러갈 일이다.

명동성당 앞 갓길
김수환 추기경님의 추모전
겨울 끝자락에 추적추적
비가 내린다

유품은 모두 거두고

84년의 삶이 사진으로 전시되어
　　순간처럼 스쳐 지나간다
　　한평생도 찰나

　　찰라!
　　비에 젖은 화두 한 자락
　　먹먹하다
　　　　　　　　　　　　　　　　　　—「명동에 비가 오다」 전문

　시는 순간에 포착한 진실을 보여주는 예술이다. 이 시
는 이와 같은 시의 속성에 부합하는 작품이다. 시인은
"비가 내"리는 "겨울 끝자락에" "명동성당 앞 갓길"로 향
한다. 그녀는 김수환 추기경(1922~2009)을 추모하기 위
해서 전시회를 찾는다. 한국 종교와 사회에 거대한 영향
력을 끼쳤던 "84년의 삶" 또는 86년의 삶이 사진에 담겨
전시된 곳에서 김순자는 "순간" 또는 "찰라"라는 핵심어
를 포착한다.
　80여 년의 삶이 "순간처럼 스쳐지나"가고, "한평생도
찰라"처럼 흘러간다는 깨달음! 찰라 또는 순간이라는 이
름의 삶의 "화두"를 깨달은 먹먹함의 심경이 독자들에게
엄숙하게 다가오는 순간이다. 이제 김수환 추기경의 삶
은 시인의 삶과 겹치고 다시 독자들의 삶과 겹칠 수 있
다. 보편적인 깨달음의 경지에 도달하였다는 점에서 이
시는 유의미하다.

절뚝이는 걸음걸이
왼쪽 무릎 연골이 닳았단다

딱히 왼쪽 다리로만 걸은 적 없건만

출발할 때도 서둘러 나서는 왼발
계단을 오를 때에도
내려설 때에도 먼저 앞장서는 왼발
무의식중에도 왼발은 첫 발짝이다

첫 발짝에 무게의 힘이 더 실려
혹사당한 것인가
언제나 첫째란 부담이 크다
장남장녀가 그렇고 장손이 그러하듯

공평하게 모시지 못한 내 탓이다
지팡이를 버리고 걸음마를 배운다
첫 발짝은 오른쪽 오른발
오른쪽 오른발 발짝 길들이기를 한다
　　　　　　　　—「내가 모시고 길들여 온 나의 상전」 전문

"상전上典"은 주인을 가리키는 말이다. 시적 화자 '나'의
상전은 "왼발"이다. "왼쪽 다리"이다. "왼쪽 무릎 연골"
이다. "출발할 때도" "계단을 오를 때에도" "내려설 때
도" "무의식중에도", 왼발 또는 왼쪽 다리는 "첫 발짝"의

역할을 감당하였다. 왼발 또는 왼쪽 다리는 "언제나 첫째"로서의 "부담"을 떠안았다. 그것은 마치 "장남장녀" 또는 "장손"의 모습을 닮았다. 왼발은 또 왼쪽 다리는 "혹사당한 것"이다.

'나'는 뒤늦게 왼발 또는 왼쪽 다리를 "공평하게 모시지 못한" 스스로를 반성한다. 아이가 "걸음마를 배"우듯이 "첫 발짝은 오른쪽 오른발" "길들이기를" 하는 '나'의 모습은 왼발과 오른발 곧 양발의 균형 감각을 찾으려는 시도이다. 우리는 이 시를 읽으며 좌파와 우파의 균형, 좌익과 우익의 균형, 진보와 보수의 균형을 지향할 수 있을 테다. 나와 가족과 사회와 세계의 균형과 조화를 생각할 수 있는 뜻깊은 계기로서의 시가 여기에 있다.

쌀은 떨어지고 보리가 팰 무렵
하얀 쌀밥을 수북이 퍼 담아주시며
'생일 밥그릇이 가득 차야 부자가 된다'
울 엄니
막내딸을 낳으시고 노심초사
시집가서 생일날 배곯으면 어쩌랴
쌀밥, 그 쌀밥

나물 먹고 물 마시며 허리띠 졸라매던
옛날 옛적 보릿고개 그때 그 시절

거리마다 이팝꽃 풍년이 들어

쌀밥인양 고봉고봉 퍼 담겼는데
울 엄니 어디 가셨나
찔레순도 아카시꽃도 배가 부른데

이팝꽃 철따라 오시는 울 엄니
날 낳고 못 드셨을 미역국에 하얀 쌀밥
이팝꽃이 쌀밥 되어 무더기져 피었는데
지천으로 수북수북 새하얗게 피었는데
　　　　　　　—「이팝꽃 피는 오월이 오면」부분

　이 시에는 2개의 시기 곧 '과거'와 '현재'가 교차한다. 또한, 두 개의 대상 곧 "쌀밥"과 "이팝꽃"이 교차한다. 2개의 시기와 2개의 대상 사이에서 등장하는 주요 인물은 시적 화자 '나'와 "울 엄니"이다. '나'는 울 엄니의 "막내딸"이다. '나'는 "옛날 옛적 보릿고개 그때 그 시절"에 "하얀 쌀밥을 수북이 퍼 담아주시며" "생일날"을 챙겨주시던 어머니를 추억한다. '나'는 "거리마다" 수북하게 피어나는 이팝꽃을 보며 쌀밥을 떠올리고 "왠지 자꾸만" 그 시절의 "허기가 든다" 현재의 이팝꽃은 과거의 쌀밥을 환기한다. 또 '나'의 생일에 쌀밥을 풍성하게 주시며 부자가 되기를 염원하시던 그 시절의 어머니를 불러온다.

　이 시의 4연 2행, 4연 4행, 5연 3행, 5연 4행은 각각 "담겼는데" "부른데" "피었는데" "피었는데"로 마무리된다. 4회 반복되는 "(는)데"에는 지금은 곁에 없는 어머니를 향한 '나'의 그리움이 가득하다. 우리들 각자의 어머니를 생각해 볼 수 있는 감동적인 작품이 아닐 수 없다. 때로는 사랑과 증오의 감정 사이에서 방황하기도 하지만 언젠가 모든 것을 승화한 순수한 결정체로서의 가족을 만나게 된다. 그것이 어머니이고 아버지이며 핏줄이기 때문이다.

앞날은 짧고
노년의 황금 같은 시간만
무참히 흘러간다

꼼짝없이 갇혀있는 지금
쉼 없이 내닫던 일상이 그립다

재앙이 혼탁한 세상을 정리하듯
지구를 휩쓴 코로나19 바이러스
사람과 사람 사이의 그리움을 깨우쳐주고
누구도 막지 못했던 전쟁과 폭력도
비행기도 배도
미세먼지도 황사도 일단 중단시켰다
공기가 맑아졌다 물이 청정하다

알 수 없는 무한한 존재를 알려 준
코로나19 바이러스 덕분에 잠시
쉼표를 찍자

미지의 건강한 세계를 구상하며

—「그래 덕분이라 하자」 전문

　2020년 벽두劈頭부터 전 세계를 강타한 "코로나19 바이러스"는 여전히 현재진행형으로 지구인을 괴롭힌다. 김순자는 4개의 연으로 구성된 이 시에서 코로나19 바이러스가 불러온 장단점을 구분하여 기술한다. 1연과 2연은 단점을 이야기하는 대목으로서, 시인은 코로나바이러스 때문에 사람들이 자유로운 이동의 권리를 빼앗기고 소중한 시간을 상실하고 있음을 토로한다. 더불어 그녀는 이전에는 너무나 당연시하던 일상을 향한 그리움을 피력한다.

　3연과 4연은 장점을 이야기하는 대목으로서, 시인은 코로나바이러스 덕분에 "사람과 사람 사이의 그리움을" 알게 되고, "전쟁과 폭력도" "미세먼지도 황사도 일단 중단"되었음을 밝힌다. 또한 "공기가 맑아"지고 "물이 청정"해졌음에 감사한다. 이 작품은 코로나바이러스 "때문에" 발생한 단점들과 코로나바이러스 "덕분에" 일어난 장점들을 극명하게 대조함으로써 "건강한 세계"로서의 지구, 자연과 합일을 이루는 인간의 모습을 구현한다. 코로나 시대의 생태시, 생태문학을 논의할 때 적절한 사례로서 언급할 수 있는 주목할 만한 시이다. 김순자는 부정적인 상황에서 누군가의 탓을 하지 말자고 제안한다. 발상의 전환으로 스스로를 돌아보자는 이야기이다.

누구 때문에가 아니다. 누구 덕분인 것이다.

> 계절이 가고 오고
> 또 가고 와도 여운처럼 남은 향기
>
> 한평생 기다림도
> 지나고 나니 잠시
> 잠시인 것을
>
> —「짧은 만남 긴 여운」 부분

　삶과 시가 다르지 않음을, 삶과 시가 하나임을 보여주는 작품이다. 시인이 호명하는 "그대" 또는 "당신"은 특정한 인물일 수도 있고 그렇지 않을 수도 있다. 누군가는 떠나고 누군가는 기다리며 누군가는 돌아온다. 김순자에 따르면 "계절이 가고 오고/ 또 가고 와도" 곧 자연이 끝없이 순환해도 인간의 삶은 지속된다. 가령 할아버지의 삶 뒤에는 아버지의 삶이, 아버지의 삶 뒤에는 아들의 삶이 이어진다. 개인의 삶은 유한하고 협소하지만, 세대를 건너서 연결되는 인간의 삶은 연속성을 확보한다는 점에서 위대하다. 한 편의 시를 읽는 일도 다르지 않을 테다. 개인의 "한평생"과 한 편의 시는 "기다림"일 수 있고 그것의 시간은 "잠시"이다. "짧은 만남"이다. 그러나 개인의 삶과 한 편의 시는 "긴 여운"을 남긴다. 우리가 시인의 시를 읽는 이유가 여기에 있다.

10편의 시를 중심으로 김순자의 시집을 고찰하였다. 이번 시집에서 가장 눈에 띄는 키워드로는 '역설'을 꼽을 수 있다. 테레사 수녀Mother Teresa는 "만약 당신이 어떤 대상이나 상황을 아플 때까지 사랑한다면 거기에 더 이상의 아픔은 없고 다만 더 많은 사랑이 있을 뿐이며 나는 여기에서 역설을 발견한다(I have found the paradox, that if you love until it hurts, there can be no more hurt, only more love.)."라고 밝힌 적이 있다. 그리고 미국의 심리학자인 칼 로저스Carl Rogers는 "내가 스스로를 본연의 나로서 수용할 때 나는 변화할 수 있는데 이것은 특이한 역설이다(The curious paradox is that when I accept myself just as I am, then I can change.)."라고 이야기한 바 있다.

시인에 따르면 죽음은 삶이고 사랑이며 생명이다. 또한 비움은 채움이고 어둠은 밝음이다. 그러므로 찰라, 또는 잠시는 영원 또는 무한이다. 김순자의 시를 읽으며 독자들은 역설의 가치를 깨닫는다. 없음은 있음이고 있음은 없음이다. 아픔이 사랑임을 깨닫는 자신, 본연의 나를 받아들일 수 있는 자신이 되어 매 순간 최선을 다하여 살아볼 일이다.

황금알 시인선